Para Eve y Jack
(no el del libro),
en agradecimiento
por su inmenso apoyo
y su amabilidad.
E.W.

Para Jade y Eva.
B.D.

Puedes consultar nuestro catálogo
en www.picarona.net

El gigante de Glotolandia
Texto: *Elli Woollard*
Ilustraciones: *Benji Davies*

1.ª edición: septiembre de 2017

Título original: *The Giant of Jum*

Traducción: *Joana Delgado*
Maquetación: *Isabel Estrada*
Corrección: *M.ª Ángeles Olivera*

© 2016, Macmillan Children's Books,
sello de Pan Macmillan,
una división de Macmillan Pub. Int. Ltd.
(Reservados todos los derechos)

© 2017, Ediciones Obelisco, S. L.
www.edicionesobelisco.com
(Reservados los derechos para la lengua española)

Edita: Picarona, sello infantil de Ediciones Obelisco, S. L.
Collita, 23-25. Pol. Ind. Molí de la Bastida
08191 Rubí - Barcelona - España
Tel. 93 309 85 25 - Fax 93 309 85 23
E-mail: picarona@picarona.net

ISBN: 978-84-9145-068-9
Depósito Legal: B-6.919-2017

Printed in China

El GIGANTE de Glotolandia

Texto:
ELLI WOOLLARD

Ilustraciones:
BENJI DAVIES

Picarona

El gigante de Glotolandia era un viejo gruñón,

un cascarrabias que siempre se quejaba mogollón.

Cuando estaba hambriento, babeaba, se arrastraba y decía:

—¡Ay, cómo suenan estas tripas mías!

—¡Fee, Fi, Fum, Fo! —gruñía el gigante fofo.

—¡Cómo sufro el anhelo de comerme algún chicuelo!

—¡Los pequeños mocosos son los más sabrosos!

Y comenzó a pensar en un cuento que le había contado su hermano

acerca de unas habichuelas mágicas y un muchacho llamado Jack.

—¡Sería estupendo —pensó el gigante—, comer algo frío,

y de acompañamiento unas buenas alubias!

Atravesó el bosque a grandes zancadas,

con unos pasos tan atronadores

que los árboles empezaron

a sacudirse con grandes temblores.

Atravesó campos y bosques,

ríos, pantanos y jardines

hasta llegar donde

unos niños jugaban.

—¡Fum, Fo, Fee, Fi —gruñó el gigante para sí.

—¡Niños! ¡Me da la impresión de que me daré un atracón!

—¡Me los zamparé a la hora del té!

Pero los niños dijeron:

—¡Qué tipo tan magnífico!

—¿Nos ayudarías? Seguro que sí, ¡que eres pacífico!

—¡Eres muy alto, todo un hombretón!

—Por favor, ¿nos alcanzarías el balón?

El gigante repuso:

—Bueno, supongo que con eso nada perderé,

Pero muy pronto, no lo dudéis, regresaré.

—De postre, con un poco de nata, estaréis de rechupete,

antes me zamparé a ese tal Jack, y ya será un gran banquete.

—¡Fo, Fum, Fee, Fi –gruñó el gigante por fin.

—¡Los niños están sabrosos con pasta o arroz meloso

y en un postre ya son… lo mejor de lo mejor!

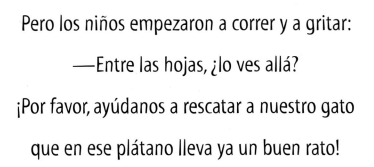

Pero los niños empezaron a correr y a gritar:

—Entre las hojas, ¿lo ves allá?

¡Por favor, ayúdanos a rescatar a nuestro gato

que en ese plátano lleva ya un buen rato!

El gigante afirmó:

—Bueno, supongo que con eso nada perderé,

pero muy pronto, no lo dudéis, regresaré.

—De postre, con un poco de nata, estaréis de rechupete,

antes me zamparé a ese tal Jack, y ya será un gran banquete.

—¡Fi, Fo, Fee, Fum! —gritó el gigante al tuntún.

—Mi plato favorito es un montón de niñitos.

—Empezaré despacito, por los dedos chiquititos.

Pero el más pequeño de ellos le susurró:

—Me duelen las piernas. —Y al suelo se tiró.

—No puedo ir a casa, no puedo caminar,

¿verdad que sobre tus hombros me llevarás?

El gigante repuso:

—Bueno, supongo que con eso nada perderé.

Y en un plis plas subió al pequeño a sus hombros.

—Te quiero, ¡qué amable eres! –dijo el niño con asombro.

—¿Y cómo te llamas? –preguntó el gigante.

—Llámame Jack de ahora en adelante.

—¡Fee, Fo, Fum, Fi! exclamó el gigante.

—¿Jack el aperitivo, eres tú, niño pequeño?

—Te voy a hacer papilla, te zamparé con empeño,

te masticaré y te tragaré ¡ya no me aflijo!

Pero los niños dijeron:

—¡Oh, no, no puedes!

Creemos que andas muy equivocado,

¡pero si eres un gigante la mar de salado!

Los buenos gigantes comen siempre ...

El gigante estaba hambriento,

las tripas le sonaban con ansiedad,

pero entonces intervino:

¿Estáis seguros? ¡Esperad!

Soy quejica, protestón, cascarrabias y gruñón.

¡Nunca antes me dijeron que yo fuera encantador!

Jack repuso:

¡Rescataste a un gato insensato, y recuperaste nuestro balón!

Me llevaste sobre tu hombro, ¿ves cómo eres cautivador?

Por eso te hemos hecho este pastel molón:

¡toma esta buena ración!

—¡Oh, Ah, Uh, y Hum! —exclamó el gigante.

¡Este chocolatito está más rico que los niñitos!

Y con un té, el muy tragón, se lo comió todo de un tirón.